KB168618

플라스틱 인간

황금알 시인선 257

플라스틱 인간

초판발행일 | 2022년 11월 11일

지은이 | 최순섭
펴낸곳 | 도서출판 황금알
펴낸이 | 金永馥
주간 | 김영탁
편집실장 | 조경숙
표지디자인 | 칼라박스
주소 | 03088 서울시 종로구 이화장2길 29-3, 104호(동숭동)
전화 | 02)2275-9171
팩스 | 02)2275-9172
이메일 | tibet21@hanmail.net
홈페이지 | http://goldegg21.com
출판등록 | 2003년 03월 26일(제300-2003-230호)

플라스틱 인간

최순섭 시집

황금알

가을,

단풍이

아프다는 말

사치일까

세상 곳곳이 몸살이다

나도 아프다

너도 아프다

아니 모두가 아프다

아프다는 말 한마디로 치유가 되는 세상이 오면

모두가 평온한가

세상에…

또 물어본다

2022년 가을

최순섭

차 례

1부 하얀 바이러스

2부 플라스틱 인간

3부 스토커 stalker 그놈

4부 슬픈별

5부 수채화 그리는 다슬기

1부

하얀 바이러스

하얀 바이러스

하얀 마스크 하나가 휙 지나갔다
검은 복면을 하고 바라보는 눈빛이 날카롭다
앵앵 소리 들려오는 도시의 스산한 회색빛은
죽은 까치를 밟고 지나가는 자동차 바퀴 속도보다 빠
르게 번지고
잠시 후 복제인간이 코로나를 타고 와서 죽었다는 소
문이 돌았다
등 뒤에서 들려오는 기침 소리는 총알이 날아와 꽂히
듯 아프다
하나둘 늘어나는 표범의 눈빛이 번뜩거리는 오후
붉은 깃발을 들고 하얀 마스크가 몰려왔다
비행기를 타고 왔다 배를 타고 왔다 자동차를 타고 걸
어서 왔다
또 다른 하얀 마스크가 내 곁으로 다가오고
나는 슬금슬금 자리를 뜬다
복제된 하얀 마스크가 다가와 길을 물었다
나는 한 손으로 입을 가리고 또 한 손을 내저으며
'저리 가요 숨을 곳이 없어요'라고 말했다
불어나는 하얀 마스크 속에서 나는 하얀 바이러스

기침 소리 한방에 다리가 풀리고 텅 비어가는 유령들
이 사는 도시
　뉴스에서 내일은 영하 12도라고 일기예보가 나올 때
　하얀 눈이 내렸다
　하얀 마스크를 쓰고 내렸다
　한동안은 녹지 않을 거다

소라 이어폰

소라가 검정 돌담 위에 앉아있다
얼굴이 뽀얀 그녀의 넓은 입술을 귀에 꽂으면
파도가 연주하는 베토벤의 교향곡 5번이 흘러나와
키 작은 한 여인이 걸어가고 있어
양산을 돌려가며 엉덩이 씰룩씰룩 걸어가는 그녀
발자국 따라가면
겹쳐지는 지점은 갯바위
달빛 사라져 그믐으로 가는 길
검은 LP판 돌아오는 해변에 소나타로 바뀌는 빗소리
후드득 모래알을 적시고 있어
아직 그녀는 돌담 위에 앉아
자기의 운명을 듣고 있어
파도 소리 우주의 숨소리 들려오는 밤바다

새 주소

언제부턴가 번지가 길로 바뀌었다

한 평도 안 되는 옛 번지에 살다
본향 찾아 새 주소로 이사 가신 분들은 어찌 살고 계실까

그 넓은 하늘길에 김수환 추기경님과 법정 스님이 함
께 뒷짐 지고 산책하고 계셨다

이따금 폭포수 흘러넘치는 은하 길
한 귀 포장마차에는 천상병 시인과 중광 스님이 마주
앉아 깔깔깔 대폿잔을 기울이고 계셨다

옛 번지가 그리우신지 모두
땅 아래를 바라보며 환하게 웃고 계시다

눈표범

눈빛이 날카롭다
작은 구멍으로 내다보는 세상은

앵앵,
마스크와 모자를 꾹 눌러쓴
구급대원들이 들이닥쳐 쓰러진 사람을 싣고 황급히 떠
났다

별이 지고 평온해 보이는 곳곳 숨어드는 희뿌연 미세
먼지
자욱한 거리를 하얀 마스크가 휘청거리며 걸어 나온다

누가 뿌려 놓은 건가 중금속 플라스틱 가루
화생 독가스가 살포되고 바이러스가 사람이 되어
작은 눈이 더 작아지고 목이 따갑고
숨이 가쁘다
방금 죽은 사람이 지나간 자리
스카이 콩콩 튀어나오는 하얀 마스크

겨우 숨통을 열어 둔 허파에도 계엄이 선포되고
여기저기 조금 남은 초록 숲마저
우주로 통하는 숨구멍을 모두 막아버렸다

일교차가 심한 날
경비병들은 앙가슴에 발톱을 숨기고
허공에 코와 입을 버렸다

죽은 자들이 일어나 걸어 다니는
검은 광장에서 침묵시위를 하는 사람들

살금살금 흩어졌다 모이고
사라졌다 나타나는 하얀 마스크
눈빛이 날카롭다

색깔론

봄인데

하얀 거울 앞에 무슨 색칠할까

주섬주섬 옷장을 뒤적이다 붉은 티를 걸쳤다

눈에 확 띄는 것이 불안해 아래는 찢어진 파랑

청바지에 붉은 티 입은 한 청년이 봄 앞에 섰다

엉거주춤 구색 맞추려

언제나 벗어놓을 모자는 노랑

호프집

소소한 저녁

서둘러 레이더를 수리하는 거미 한 마리

찬거리 마련하려고 푸른 나뭇잎 사이로 가게 문을 열고 있다

비를 뿌리며 다가오는 덩치 큰 먹잇감

먹구름이 무사히 통과했다

회오리도 한입에 삼키는 바람 집

끈적거리는 여름밤

발에 감지되는 몇 사람

거미줄에 걸려 바동거린다.

노을

많이 힘든가 봐

하늘이

캑! 뱉어놓은 각혈

푸른 허파 속에

전투기, 항공모함, 미사일, 핵폭탄, 우주선

(…)

그리고 시커먼 매연, 플라스틱 미세먼지

별별 쓰레기 다 들어있다

아버지의 발

공사장에서 일하시는 아버지가
대낮에 절룩절룩 한 발을 들고 집에 오셨다
군살 배긴 아버지의 발은 못에 찔려도 피가 나오지 않
았다
덧나지 않게 피를 빼야 한다고 망치로 발바닥을 마구
두드리셨다
온몸에 번지는 통증은
오장육부를 관통한 일용할 양식
못 구멍으로 아버지의 빈 수레가 흘러나왔다
아버지는 못 구멍에 호랑이기름 쓱 문지르고
장군처럼 공사장 쪽으로 걸어가셨다.

환청

온종일 헬기에서 터지는
확성기 소리에 밤이 오고
함성도 멈춘 적막한 거리
검은 안개 속에서 들려오는
한 발의 총성에 쫓기다 어느 상가 이 층 주방에 숨어
들어
네온등도 꺼진 캄캄한 밤
길 건너 군인들의 발자국 소리가 크다
점점 가까이 들려오는데
한 뼘 부식 창고 속에 웅크려 앉아
숨을 멈추고 한 청년이 죽은 그날
군홧발 소리는 사십 년이 지나서도 들려오고 있다
저벅저벅 금남로의 고요를 짓밟고 다가오는
군홧발 소리에
새벽 저승 문을 넘나드는 나는
날마다 뭉크의 절규하는 사람처럼 몸부림치며 두 귀를
틀어막는다.

마스크 쓰고 오는 봄

마스크 쓰고
종일 비가 오는데
마스크 쓰고
천지가 샤워를 하는데
마스크 쓰고
더러운 것들 싹 씻겨 내려갔으면 좋겠다
소상인들의 한숨도
격리병동 환자들의 아픔도
마스크 쓰고
제대로 숨 못 쉬는 시민들 가슴도
온 세계 곳곳에 묻어 있는 코로나 기운을
싹 씻어 내려갔으면 좋겠다
마스크 쓰고 온 나무들이
입 틀어막고 추운 겨울 지나온 꽃망울들이
봄비에 싹 씻고 천지에 피어나
환하게 문 열고 나오는데
나도 마스크 확 벗어 던지고 문 활짝 열고
남이고 북이고 이 세상 어디든 훨훨 날아다녔으면 좋
겠다.

2부

플라스틱 인간

코로 나온 봄

    지난해 찾아온 봄, 그녀가 올까 싶어 기다리는데
    가지 끝에 남은 잔설을 핥으며 매화가 붉은 혀를 내밀고 있다
    산수유 생강나무 꽃이 아기 볼처럼 젖병을 빨고
    뻥이요! 하고 소리치는 뻥튀기 아저씨의 목소리에 뻥뻥 벚꽃이 터져 나오는데
    얼굴은 모두 마스크를 쓰고 있어
    삐끔 보이는 눈 어딜 봐도 코가 없어
    누가 누군지 알 수 없다
    추적이 어려운 곳으로 숨어 찾아온 봄
    그녀는 어느 날 홍매 청매 황매 산수유 생강나무 개나리 벚꽃 진달래 철쭉이
    한꺼번에 피범벅이 되어서야 겨우 찾아왔다
    인적이 드문 밤 발소리 끊인 산길에서
    슬쩍 그녀를 그러당겨 마스크를 밀어젖히는 순간
    그녀의 볼 향기
    아, 달다 코로 나온 봄
    꽃향기

달세방의 기억

담배를 물고
가난한 그녀가
말없이 등을 내밀었어
오늘도 수고했어요
온몸을 기대고 코를 고는데
코골이에 화들짝 놀라 샛눈을 떴는데
글씨,
고양이 검은 눈빛이 번뜩이고 있어
그녀의 등짝은 담뱃불에 구멍이 숭숭
언제부턴가
숯가마가 되어 불타고 있어
끓는 것은 바닥이 아니라
깊은 어둠이었어

플라스틱 인간

어렴풋이 몇 대째인지
끊어질 듯 이어지는 유전자
몸속에는 플라스틱 피가 흐르고 있어
플라스틱 자궁에서 플라스틱 탯줄을 달고 태어나
플라스틱 인간으로 살아왔어
눈물도 모르는 플라스틱 여자 차가운 성질의 플라스틱
남자
열 받으면 녹아내리는 플라스틱 사랑으로
세상에 툭 던져놓은 원치 않는 플라스틱 아이는
플라스틱 우유를 먹고 플라스틱 성장호르몬으로 자라나
플라스틱 비행기에 몸을 싣고
플라스틱 찬란한 도시로 유학을 떠나지
버림받을 걸 알면서 껌딱지처럼 달라붙는
플라스틱 여자 플라스틱 남자
감각이 없는 플라스틱 사랑은 구름 속에 모여 검은 파
티를 하지
하늘을 날아다니며 플라스틱 비를 뿌리고
플라스틱 초록바다에 꼬리 흔들며 헤엄쳐가는 플라스
틱 물고기

파도가 밀려오면 지칠 줄 모르고
뼛가루가 스밀 때까지 갯바위에 살을 부비는
플라스틱 사랑은 죽지도 않아
흔적 없이 떠나는 차가운 이별 얼음 유전자로 바꾸고
싶어
45억 년 전 빙하가 그리운
내일 아침은 또 플라스틱 칵테일

그립다, 청개구리

아,
그렇게
도랑 가에 무덤을 만들라 하고
일렀거늘

스승 말씀 잘 새겨들어라
또 그렇게 일렀거늘
아~ 아~

긴긴밤
숨을 내쉴 때마다 어미 가슴 철렁 무너지는데

어디선가 폴짝폴짝 뛰어나오는
청개구리 수억 마리

베란다 춘란 속에, TV 화면에, 커피잔 속에, 밥상 숟
가락 위에, 생일케이크 촛불 속에, 만년필, 목도리, 핸드
폰, 벽에 걸린 가족사진, 뻐꾸기시계, 또래 이들 눈가에,
도서실에, 학원 강의실, 책가방 칸칸…

창밖 학교길 자전거 타고 줄지어 찾아오는 봄날

아이들 깔깔거리는 벚꽃들 속에서 대문 활짝 열고 뛰어온다.

엄마~ 엄마~

바람 소리 뛰어온다.

몬 산다는 그 꽃

풋내가 풋풋한 그녀가 일러준 꽃
며느리밑씻개, 씀바귀, 제비꽃, 노랑민들레, 자주괴불
주머니, 개불알꽃, 노루귀, 깽깽이, 산마늘, 뚱딴지, 봄
까치…
이름을 기억하지 못하고
물어보고 또 물어보면 몬 산다 몬 산다고 하면서도 금방
가르쳐주고 또 가르쳐주는
맘씨 고운 꽃이 있다
다 잊어도 잊을 수 없는 그 꽃
몬 산다 내 몬 산다고 하면서도
산동네 한 귀에
싱싱 살아가는 털복주머니 큰개불알꽃

억새 1

곱게 딴
검은 머리
하얗게 물들 때까지
그대
푸른 하늘 아래 살고 있었구나
모진 비바람 다 이겨내고
꼿꼿이
거기 서 있네

억새 2

그대 마음
흔들릴 때마다
밤물결에 흘러나오는
오카리나 바람 소리
철길 위로 조그만 불빛 하나
환한 미소로 달려와
나는 벌써 동화역에 닿았네
머무는 시간은 잠시
또 떠나야 하는
역사엔 손을 흔드는 불빛 흐린 그림자
오카리나 바람 소리에 멀어져 가네

하얀 달빛

올 수 없는
먼 길 떠난 그대
손잡고 걷던
지나온 길
뒤돌아보니 당신의 웃음
속에 활짝 핀 초록 향기
먼발치서 다가오던 바람인가
몸부림치며 쓰러지던 그대의 모습인가
어느새 돌담 위로 훌쩍 커버린 그리움이
눈에 어룽거려
하얀 달빛은 꽃이 되고 옷소매 끝자락에 피고 있다
아, 보고 싶은 그대
서걱대며 흔들리는 갈대밭에 서 있네.

나무늘보

늘보는 나무를 생각한다
언제나 축 늘어져 골목길 챙 넓은 모자를 쓴 키 작은
노인이
손수레를 끌고 가서 이제 파지로 남은 시간
한때는 쫙 벌어진 단단한 근육이었을
다리며 힘없이 휘어진 허리로 가족을 잃고 홀로 살아
가는 동안
유칼립투스 나무를 껴안고 푸르러갔다
그는 크고 단단한 나무를 왜 좋아했을까
언제나 그 나무를 껴안고 있어
잎사귀는 팔락거리는 귀를 감추고 해를 삼켰다
나무늘보는 아침 햇살에 취해 하루를 넘기고
깨어나면 녹슨 지팡이에 잎사귀가 돋았다
휜 허리에 뿌리가 생겨 어기적어기적 걸어가는 늘보는
저 바깥세상 미로의 긴 골목을 언제 돌아나갈지
나무늘보는 눈이 작아도 세상이 다 보여
눈을 뜨고도 감은 눈처럼 눈 뜨고 산다
이 세상이 저세상인 듯 늘보는 나무를 생각한다
잠자는 동안이 저세상일까?
이 세상일까?

산길양이의 용서

원효봉 산행길
정상에서 만난 산길양이
인간 세상이 두려웠나 보다
이 높은 곳으로 올라와 사는 걸 보니
버림받은 산길양이가
경계심을 가지고 거리를 두고 서 있어
한참을 서성이다가 다가온다
산길양이가 인간들을 용서한 건지
주변을 떠나지 않고 포즈를 취하다
곁자리에 꼬리를 내리고 있다
아, 언젠가는 그리워질 거다
먼 길 떠난 너를 그리워하듯

3부

스토커 stalker 그놈

화가 비 1

비 오는 날
특별전에 초대되어 그림 보러 간다
오늘은 무슨 그림을 그리셨을까
기대가 크다
워낙 유명한 분이시라서

화가 비 2

물결 시험지에 수많은 동글뱅이
올백이다
물방울 동동 띄우고
수채화 그리는
화가 비는
우점준법雨點皴法*의 스승이네

* 우점준법雨點皴法: 북송 초의 범관范寬이 창시한 준법으로 마치 비가 내리
  는 것처럼 수많은 점을 찍어 그리는 화법이다. 지마준법芝麻皴法이라고도
  불리며, 기후가 건조한 화북지방의 황토암석黃土巖石을 표현하는 적절한
  화법이다.

스토커 stalker 그놈

겨우내 여름내
지근지근 골머리가 아프다
끈질기게 따라다녀 싫다고 말하는데도
어느 날 갑자기 마스크 쓰고 찾아왔다
'너 걸리면 죽는다.' 은근 험한 말을 하면서 슬그미 나
타났다
하소연할 겨를도 없이 사라졌다
흔적이 없어 우기면 그만이다
저리 가라고 소리 질러도 달라붙었다
지하철이나 버스 안이나 가는 곳마다 지키고 서 있다
누구나 무서워해서 도와 달라고 말할 수도 없다
재채기 혹은 기침 한방에 죄인이 되는 투명인간
머리가 하얘져 보이지도 않아
도저 넌 누구냐고 물어도 대답이 없다
모두가 몰라 답답하기만 한데 백신만 보면 죽은 척한다
아직은 막무가내 따라다닌다
지독하게 끈질긴 놈이다 언젠가는
언젠가는 스스로 떠나갈 거다
코로나19 그놈

음식물쓰레기

입속에 아침마다 가루약 알약 눈약
한 줌 털어 넣고 나오는데
엘리베이터 문이 열리자
누가 슬리퍼 차림으로 후다닥 뛰어가
플라스틱 통에 투명 비닐 뒤집어쓴 손가락을 훅 뒤집
었다
뚝뚝 떨어지는 육수 국물
바람에 날리는 플라스틱 냄새
과일 껍질 채소 찌꺼기
고기 지방 덩이 방사능 생선
양식이 되지 못한 양식은 썩기나 할까
허옇게 크림 바른 플라스틱 얼굴
마스크 속 딱 내 얼굴이다

햇봄

에게,
바로 저기
햇살 비추는
한 발짝 넘으면 바로 고향 땅
눈에 보여도
목숨 붙어 있어도 못 가던
가족 생이별 이제 다 차뿔고 널문리 철조망 바수고 고속도로
고속철도 타고 가자 고마
얼릉 가보자
넌 남으로 난 북으로
그간 목 빼 들고 눈물 애타게 기다리던
할배 할매 아바이 오마니 누이동생 조카 며늘아기
모두 만나 얼싸안고 춤추자
밤드리 춤추다 춤추다
새벽 껏 울다 울다
천 년 만 년 이을 삶
웃다 웃다 웃다가 햇살 타고 가자 고마
하이고, 인자 세상 어딘들 못 가랴 하하 하하하

에어쇼airshow

붉은 고추잠자리 한 쌍이

어마어마 넓은 쪽빛 바다를 끌어오고 있다

한 몸이 되어 잡아당기는
팽팽한 하늘

열애 중이다

바보 가로등

고개 떨구고 오래

아래만 내려다보고 있다

깡마른 얼굴은 시름에 잠겨 종일 거기 서 있다

누구를 기다리는가 눈을 감고

낮에는 꿈쩍 않다가 캄캄한 밤이 오자

오가는 발소리에 귀 쫑긋 세워 왕눈 치켜뜨고

먼 길까지 환히 밝히고 서 있다

날 새는 줄 모르고

이따금 지나가는 연인들 등 기대고 속삭이는 말

조용히 엿듣고 있다

그러다 그들이 웃으면 따라 웃고

그들이 울면 따라 울고

날 새는 줄 모르는 바보가 거기 서 있다

민들레 활을 쏘다

자드락길
참꽃들 속에서 봤어
고개 드는 홑씨, 그대
당당히 얼굴 내밀고
따스한 햇살 팽팽히 활시위를 당기고 있어
훅, 바람 불자
씽씽 날아가는 화살촉
번뜩거리는 칼날이 심장을 찢는 문장을 봤어
휘청 사라지는 우주
블랙홀을 봤어

국화빵

하얀 달이 검은 바다에 풍덩 뛰어들어
국화꽃이 피었다
방금 피어 김이 모락모락 나는 국화꽃
울음 뚝, 하고 동생을 둘러업은 누이가
한 입 베어 아기 입에 넣어준다
오물거리는 아기 입에서 풀 향기
생글생글 피어나 자라고 있다

(…)

칠십 넘어 치매병실 침대 위에 누이
아, 하고 국화꽃 한 송이 입에 넣어준다
오물오물 삼키는 입가에 생글생글
그 풀꽃 향기 활활 피어나고 있다

아, 정말

1.
한강공원 너른 잔디 위에 까치 두 마리
까까~ 까까~ 사랑을 나누는데
무심코 지나다 힐긋 눈 마주치자
(…)
화들짝 날아간다

2.
지하철 한 무더기 늙은 소나무들이 목청 돋우며 색깔
론을 펼치고 있다.
옆에 앉아 실눈 감고 잠자는 키 작은 꽃이
(…)
벌떡 일어나 사라졌다

3.
녹색 눈이 내렸다
붉은 눈이 왔을 때도 몰랐는데
(…)
소름 돋는다.

사랑초*

한식당
에어컨 앞에 앉아
달달 떠는 꽃에게
웃옷을 벗어 입혀 주었다

소매에서 뿌리가 뻗어 나오고
줄기에서 잎이 돋아나오고
팍 터진 가슴에서
어마어마한 허브 향 난다
난다, 풀풀 난다

한 송이 수줍은 풀꽃 햇살 속에서 쑥쑥 자라 나온다

* 사랑초: 관상용으로 잎 겨드랑에서 나온 꽃자루에 1~4개의 아름다운 꽃
  을 피운다. 열대 또는 아열대성으로 추위에 약하기 때문에 흐린 날과 밤
  에 꽃과 잎이 오그라들고 햇빛에 민감하게 반응하기 때문에 볕이 잘 드는
  곳에 심어야 한다.

4부

슬픈별

하얀 대화

총부리에 화약 연기 하얗게 피어오르던 쑥대밭 화살
머리
'자, 십 분간 휴식'
한순간 평화가 찾아왔다
푸~푸~ '프랑스 병사 벨기에 병사들이 와 여기 묻혀
있노'
눈시울 글썽이며 먼 하늘 바라보는데
푸~ 푸~ 하얀 마스크 쓰고 땅을 헤집던 유해 발굴 남
북 병사가
씩 웃으며 건네는 담배 한 까치
푸~ 푸~ 내뿜던 연기 속에 사라진 70년, 지하에서 김
일성이 일어나 '북남이 서로 잘 지내는구나'라고 말할까
박정희가 살아나 '남북이 사이좋게 정말 잘 사는구나'하
고 말할까 죽은 병사들이 벌떡 일어나 푸~ 푸~ '여직 그
모양이냐 요요 철없는 놈들' 호통치며 손가락질하는 격
전지 남과 북의 병사, 미군병사, 중국병사, 고향 소식 모
르는 프랑스 병사, 벨기에 병사, 이국의 수많은 병사들
이 망초 꽃으로 하얗게 피고 있다
이 땅에 무엇이 더 남았을까

땅을 헤집고 나온 초록 옷의 하얀 얼굴들
서로 다른 하늘 바라보며
푸~ 푸~ 하얀 평화를 내뿜고 있다.

흰소*

  땅끝 바닷가에서 참게랑 놀다 돌아온 아이는 왼손이 길어졌다.

  먼 동쪽 하늘 엄마 품이 그리워 모래밭 내달리던 아이는 끈적거리는 미역을 먹고 힘센 소가 되었다.

  아버지의 광대 근육에 번뜩이는 눈빛은 천지를 삼켜버릴 듯 달려드는 뿔난 파도, 하얀 뼈 드러내고 또 다른 세상을 꿈꾸는가

  콧김 훅훅 내 불며

  자근자근 바다를 되새김질하고 있다.

---

* 흰소: 이중섭李仲燮이 그린 유화. 나무판에 유채. 세로 30㎝, 가로 41.7㎝. 홍익대학교박물관 소장.

회전목마回轉木馬

가을은
늘, 찜질방 문 걸어 잠그고 찾아오지

혹한은
봄 젖 물고 육십 대 빵 참패다

하,
신나는 세상世上
빙빙 목마 타고 돌아가는 길

입주入住하는 날

철거촌 절벽 위에 아슬아슬 남은 집
비에 젖고 있다.

늘어진 빨랫줄에 구멍 난 팬티 하나 목을 잡고
빈터 지키는 목련 한 그루
신혼 시절 기억하는 곁가지에 환한 불 켜고
주섬주섬 이삿짐 싸고 있다.

버려야 할 거 너무 많아
마른 전선 다가올 때 우당탕 던져버린 쭈그러진 양재기
젖은 아내의 손등에 칭얼대는 이 빠진 사기그릇, 낡은
옷가지
어디 세간뿐인가
긴 세월 피멍울 든 검은 가슴 조각조각 잘라버린다.

작은 베란다 쪽으로 넓은 하늘 들이고
침대 위에 새털구름 이슬 초롱 밝히고 눈썹에 꽃노을
번지는 밤
이제 별 보러 가야겠다.

창문 활짝 열어젖히고
저, 지난 혹한도 훌렁 벗어던지고

낙엽

초겨울, 부음을 받고 잠시 후 영구차가 지나갔다.

한때 푸르렀던 이파리들의 시신이 이리저리 뒹굴고 강렬한 키스의 밤, 한적한 골목 가로등 빛에 서 있던 여인의 혀는 송곳이 되어 살을 후비고, 붉은 빛깔의 황홀한 벌독이 번져온다. 한 사내가 흔들리는 아주 좁은 공간에서 낙엽을 쓸며 한 잎 한 잎 젖은 속옷을 들춰본다. 언제부터 여인의 자궁 속에서 우윳빛 향기가 난 걸까. 탯줄이 끊어지고 비로소 행성은 궤도를 이탈한다. 시신을 끌어안고 숨이 뜨거운 나무들은 아궁이가 벌겋다. 젖은 장작이 불붙는 소리에 세상은 요동치고 거친 숨소리에 푸른 생명이 눈 뜨고 있다.

푸르게 붉게 노랗게…,
빛을 잃고 사라져 가는 건 모두 뜨겁다.

컵라면

낚시질하던 청년이 컵 속에 빠졌다

실비 내리는 오후
우북이 쌓인 슬리퍼가 하품을 시작할 즘

수레 위를 힐긋 바라보던 행인들이 잰걸음에 사라지고
유리창 너머 벽에 걸린 시곗바늘이 삐걱거릴 때
청년은 약국 계단에 앉아 로봇이 되었다

짝짝이 나무젓가락에 늘어진 면발을 들고
고개가 중심을 벗어나자 벌떡 일어나 보이지 않는 컵
속을 다시 휘휘 저어 퉁퉁 불어 풀죽이 된 오후를 빈속
에 꾹꾹 눌러 담아보지만

식은 면발은 찰기가 없어 잘근잘근 씹지 않아도 잘 넘
어갔다
바닥이 없는 하루하루가

촛불

강물처럼 흘러
연일 타들어 가는데…

찬바람이 불어도 좀처럼 꺼지지 않던
심지들이
불 속으로 뛰어 들어가 합장불이 되었습니다.

제 살 태우는 촛불
온 나라가 함께 타들어 가는데

언제
횃불로 번질까
두렵습니다
이천십육년십이월구일

북해도

불빛 흐린 시골집 마당에 백지白紙 한 장 펄럭입니다.

슬쩍 창을 넘겨보았습니다. 장난꾸러기 요정들이 깔깔거리며 하늘에서 날아옵니다. 밤거리에 나타난 붉은 털 도깨비가 커다란 불방망이를 한 번 휘두르자 과거의 역으로 떠나는 증기기관차가 하얀 콧김을 내뿜고 달려갑니다. 또 한 번 휘두르자 무지갯빛 비눗방울 행성들이 미래의 성으로 둥둥 떠갑니다. 원을 세 번 그려 휘두르자 도깨비들은 난쟁이가 되고 빙글빙글 춤을 추기 시작합니다. 어둠 속에서 덩치 큰 붉은 도깨비가 입김을 후~ 후~ 불자 솜이불을 끌어 덮는 아이누 마을, 산등성을 거구의 백곰 한 마리가 성큼 담을 넘는 순간 난데없이 따르릉 따르릉 전화벨이 울립니다.

실눈 뜨고 수화기를 들자 굿모닝! 굿모닝! 깔깔거리며 도깨비들이 하얀 종이 속으로 사라집니다.

반딧불이

아랫배 힘을 주고 스위치를 껐다 켰다
멀리서도 보이라고

수천 번의 날갯짓으로 찾아가면
버려진 책갈피 속에서도 당신이 보여
나는 다시 불을 껐다 켰다
앞이 보이지 않는 그대를 위해
멀리서도 찾아오라고

밤마다 아랫배 힘을 꽉 주고
깜빡깜빡 불을 껐다 켰다(…)
껐다 켰다

가장 넓은 귀

모두가 죽어가는 들판에서

하늘만 바라보고 사는 꽃들이 수런거리는 가을이다

슬픔보다 어둠이 깊어

새벽은 더 멀리 물러나 뉘를 사랑하고 무엇이 문제인지

사는 게 저리 힘들어…

시시콜콜 꽃들이 던지는 말 혀 꼬리 돌돌 말려 흐려질 때

지상의 주파수만큼 간절한 귀들이 울고 있다

하늘은

파랗고 드넓은 접시안테나

천지에 없는 귀 있는 귀 다 열고

가만가만 들어주고 있다

가을비

아버지가 오셨다

추수 끝 무렵

돌아가신 지 사흘이 지나

꿈속에 사~악 삭

이불 뒤척이며 듣는 발소리

앞마당 우물 물소리

요란하게 흘러가는 새벽이 부산하다

오래 비어 인기척 없는 고향

걸음이 무거운 빗속을 뚫고

만장이 펄럭이는 산길

검은 옷을 걸치고 오셨다

낙엽 한 지게 지고

아버지가 오셨다.

슬픈 별

깨알벌레로 위장한 몰카,
검정 구두코에 앉아있다 에스컬레이터 위의 소녀
허벅지 밑으로 쓰윽 지나갔다
사이버 정육점 주인은
붉은 살코기처럼 알몸을 해체하고
엉덩이를 잘라 하늘에 걸어 놓았다
젖꼭지도 새로 끼워 넣고 히히
유전자 복제 얼굴을 공놀이하듯
발로 차고 여기저기 던지며 히히
하얀 마음속까지 깨알벌레 알이 슬어
영혼을 파먹고 있다
고요할 때 시름은 점점 깊어져 잠자는 달이 숲속에서
나와
그믐으로 걸어가고
앞이 캄캄한 소녀가 목을 매
새로운 별을 찾아 우주로 떠났다는 소식이 들려왔다
귀가 없는 정육점 주인이
언젠가 내 목줄 당겨 심장을 찢어먹을지 몰라
서둘러 창을 닫고

눈을 감아도
공은 광속으로 날아오고
날아오고

블랙리스트blacklist

햇살 내비친
푸른 산 위에 방울방울 다리 딛고 서 있는 무지개
붉은 밑줄이 그어져 있다

멋진 비행을 하고 싶어
저마다
가슴에 새긴 알록달록 타오르는 일곱 빛깔
바람아
훅, 불지 마

물방울들 가녀린 꿈이 사라질까
으스스하다

5부

수채화 그리는 다슬기

수채화 그리는 다슬기

창밖은 비 오고, 옆구리가 허전하다. 머리 아프다고 이마에 손을 얹은 한 시인이 곁에 앉아 웃으며 귓속말을 하고 종종걸음으로 사라졌다.

창밖은 비 오고, 온몸에 물을 적셔 다슬기는 우산 속에서 춤추는 여인을 그린다. 구인사 근처 돌다리 지나 숲을 흐르는 맑은 시냇물 알종아리 내밀고 투명 비닐봉지 들어 올리며 '다슬기 참 많네. 해장국 끓여줄게~' 산울림은 귓속까지 쟁쟁하다.

창밖은 비 오고, 어룽이는 하얀 종아리 저벅저벅 물결 튕기는 유리창 캔버스

백목련

비에 젖어

여기저기 환하던 봄 동네 누구나 걸터앉아 쉬어가는 꽃그늘 목련 아파트 방마다 벼락이 떨어져 합선인가 불이 번쩍하더니 눈앞이 캄캄해 옵니다. 목련 하얀 얼굴이 시퍼렇게 질려 밑동 넓은 엉덩이에 검은 뱀이 스멀스멀 기어올라 밤이면 무서운 꿈에 가슴 쓸며 눈을 뜹니다. 스쳐 지나가는 바람에도 화들짝 놀라 벼랑 끝에 매달린 꽃들이 높은 가지에서 뛰어내립니다. 바닥에 떨어져 파닥거리는 하얀 속살, 속살들 울음 짓밟고 살아왔습니다. 수많은 사람들이 환호하는 갈채 소리에 절벽을 뛰어내리는 하얀 목련

거뭇거뭇 타들어 가는 가슴을 보면 미안하기 그지없습니다.

살색 스웨터 뜨는 여자

옷을 벗은 그녀가
색다른 색을 끼워보고 뜨개질에 푹 빠져 있다
알 수 없는 깊이와 크기를 잴 때 터지는 보조개는 햇살
우울한 아픔도 슬픔도 통증을 재우고 날아가지
곁에 없는 그 사람 품은 몇 코더라 재고 또 재고
어느 날 잠 못 이루고 창을 열었다

밤하늘 촘촘히 박혀 있는
색들이 색을 데리고 갔어
무슨 색을 좋아해
길에서 얼핏 본
어둡지 않고 눈에 뜨이지 않는 색
청계를 돌아다니다 조용히 흐느끼는 물소리를 들었어
물소리엔 눈물이 섞여 있어 살 냄새가 나지
물속에 비치는 얼굴
두 손으로 뜨면 주르륵 흘러내리는 그 사람
심장이 먼저 뛰어가 고동쳤어
오랜만에 맡아보는 살색 향기
쿵쿵거리며 몇 년 아니 수십 번의 겨울이 지나가야 겨

우 떨질까

푹신 거리는 소파에 앉아
구름 깊숙이 스미는 어두운 방에서 혹은 멀리 떠나
초록이 보이는 바다 베란다 문 활짝 열고
그 사람 목은 몇 코더라 재고 또 재고
바람으로 짜는 색다른 뜨개질에 연방 터지는 보조개가
햇살 번지는 스웨터를 골똘히 뜨고 있다
아직도 체온이 만져지는 살색 스웨터

사랑의 접선방정식

P는 향기에 이끌려
아득히 먼 곳에서 찾아오네
나블나블 원을 그리며
Z가 한 점 P는 꽃을 보고 예쁘다고 말하면,
몸 비트는 Z에게
어쩔 줄 몰라 얼싸안고 춤추며 입맞춤하네
만남은 우연일까
이별 뒤에 숨은 그리움은 또 무수히 많은 점을 찍었다
검은 얼룩이 P는 꽃, Z는 나비
점점 멀어져 가는 나비의 춤사위가 원이 되는 이유다

철새

고요히
물살 가르며
겉으론 아무 일 없는 듯 헤엄치지만
치열한
물밑 작업 중
쉼 없이 갈퀴질 해야 더 높이 더 멀리 뜰 거라고…

부들

잘 익은
생각만으로도 맛있게 생긴
저, 핫도그
누가 오기라도 할까
주변에 꽃장식하고
개울가에 핫도그집 열었어요
아무나 먹으러 오세요
물론 만져보고 살 수 있어요
유효기간 한정입니다
누가 오기라도 할까
문 열어놓고 기다리지 않는 핫도그집 주인

몽돌붓다

청산도 작은 해변
기미에는 파도가 싼 똥, 몽돌이
바닷물에 휩쓸려 이리저리 굴러다니다가
만년 해안거海安居에 들어 철썩철썩 뺨을 맞는데
다른 뺨도 내주고
얼굴도 몽글몽글 몸도 몽글몽글 손도 발도 몽글몽글
모난 건 모두 잘라버리고 환히 웃고 있다
철썩철썩 죽비 맞으며 용맹정진하는 시간
속세의 물욕에 눈이 멀어
손 주머니 안에 잘생긴 몽돌 몇 개 만지작만지작 슬며시
숨겨 나오려다 그만 화들짝 속내 들킨 보살
하얗고 고운 얼굴에
아, 저녁놀 붉게 물들고 있다

징검다리

튼튼한 다리가 없어
돌은
뒤뚱거리며
서 있기도 힘든 몸으로
허리 굽혀 등을 내준다

무서운 소용돌이
세상을
어서 딛고 넘으라고

엉덩이에 힘을 꽉 쥐고 서 있다

시계꽃

저마다 꽃 필 때 꽃 질 때
까마득히 모르는 꽃들은 앙가슴에 시계 하나씩 달고
산다
피는 시기 몰라 울고
지는 시기 몰라 웃고
사는 건 이렇게 울다 웃다
웃다 울다 세월은 고장도 오차도 없이 잘 도는데
고장 잦은 내 시계는
언제나 착각착각 착각착각
착각하며 돌고 있다
이따금 괘종소리에 분홍빛으로 물드는 얼굴

한밤중 사랑싸움

좁은 문 삐쭉 열고
뼈대만 남아 더 이상 풀리지 않는 화두 하나를
툭, 내던졌어

때그르르 굴러가
어느 맑은 호수에 닿았는지
잠시 후 똑! 똑!
문 살짝 열린 틈새로
하얀 두루미 한 마리가 불쑥 얼굴을 내밀었어
야한 기호들이 뒤엉켜 잠자던 새벽을 둘둘 말아서 날
아왔어

고속철 타고 어둠 속으로 풀려나가는 화두 하나
적막을 부수는 격렬한 물소리 들려왔어

굴비

비릿한 냄새가 마른 바람을 타고 온다. 제사상에 올려놓을 굴비가 툇마루 황토벽 기둥에서 마르는 동안 얼굴이 비스무리 닮은 가족들이 깊숙이 넣어둔 먼지 쌓인 족보를 꺼내 들고 거실 한가운데 모여 앉았다. 모를 함자들이 새까맣다. 시조에서부터 사다리 타면 아버지의 아버지가 아버지의 손을 잡고 거닐던 길은 다 지워지고 어디에도 잘 보이지 않던 자드락길에서 이따금 잡아끄는 어머니의 손길이 부드럽다. 아버지의 아버지 손이 새끼줄에 묶여있는 굴비의 얼굴에 겹쳐져 아리송한 퍼즐을 짜 맞추는 밤이다. 아버지의 손이 어머니의 손을 더듬어 굴비를 손질하고 있을 때 파도가 밀려왔다. 바다가 고향인 굴비는 손에서 손으로 건너온 걸 알았다.

새끼줄에 묶여있는 굴비들이 줄줄이 성묘하러 떠나고
썰물에 반쪽만 보였다 사라지는 바위 얼굴

평안상회

누런빛 바탕에 검정 글씨체
선이 크고 굵은 날짜에 기일, 축일, 생일
삼각형, 동그라미, 네모가 삐뚤삐뚤 그려져 있다
'코로나가 더 심하다 잖니, 이번 설에도 오지들 말라
캐라'
한 마디 툭 던지시고 구순 오마니는
한 해 한 해 갈수록 가물가물하다고
묵은 달력 새 달력 모셔 놓고 날짜를 옮겨 적고 계시다
새해 검정 삼각형이 더 늘었다
동그라미 여럿 겹쳐있는 날은 반짝반짝 별도 서너 개
떴다
친손자 장가가는 날이다
돌돌 말아 안방 장롱 위에 숨겨 놓은
빛바랜 평안상회는 설 아침 꼭 한 번 들러보신다
고향집처럼

해설

쉼 없이 자라는 친절과 사랑을 품다
― 최순섭의 시 세계

권　온(문학평론가 · 문학박사)

　시詩를 향한 최순섭의 애정은 오랜 시간 동안 숙성되었
다. 그는 1978년 이후 40년이 넘는 세월을 시와 함께 살
아왔다. 시인은 '사회'와 '역사'를 향한 관심을 지속한다.
그에게 시는 단순한 언어유희가 아닌 것이다. 최순섭의
작품은 '1980년'의 '광주'를 도입하고, '1950년'의 '한반
도'를 방문한다. 또한 그의 시는 '2016년 12월 9일'의 '촛
불'을 탐색하고, 한국 사회에서 큰 물의를 일으키고 있는
'사건'이나 '사고' 또는 '사회적 이유'로서의 '몰카'를 품는
다. 시인이 지향하는 세계에는 다양한 인물들의 영향력
이 내재한다. '김수환 추기경' '법정 스님' '천상병 시인'
'중광 스님' '김종삼 시인' 등 그의 시에 소개된 인물들은
종교적이고 예술적이며 문화적인 관점에서 독자들의 의
식을 고양시키기에 부족함이 없다. 우리는 최순섭이 구
성한 시의 길을 함께 걸어가 볼 일이다.

언제부턴가 번지가 길로 바뀌었다

한 평도 안 되는 옛 번지에 살다
본향 찾아 새 주소로 이사 가신 분들은 어찌 살고 계실까

그 넓은 하늘길에 김수환 추기경님과 법정 스님이 함께
뒷짐 지고 산책하고 계셨다

이따금 폭포수 흘러넘치는 은하 길
한 귀 포장마차에는 천상병 시인과 중광 스님이 마주 앉
아 깔깔깔 대폿잔을 기울이고 계셨다

옛 번지가 그리우신지 모두
땅 아래를 바라보며 환하게 웃고 계시다

—「새 주소」전문

최순섭의 언급처럼 "언젠가부터 번지가 길로 바뀌었
다" 곧 한국 사회에서는 2014년 이후 대부분의 영역에서
지번 주소보다는 도로명 주소를 우선적으로 활용하고
있다. 시인은 이와 같은 사회 현상을 '삶'과 '죽음'의 관계
에 도입한다. 그에 의하면 삶은 "옛 번지"에 해당하고 죽
음은 "새 주소"에 상응한다. 눈에 띄는 바는 최순섭이 죽
음을 긍정적으로 이해한다는 사실이다. 그는 죽음의 공
간을 "본향"으로 규정하기 때문이다. 시인에 따르면 본
디의 고향으로서의 죽음은 "넓은 하늘길"이자 "폭포수

흘러넘치는 은하 길"이다. 그는 하늘길에서 "김수환 추기경님과 법정 스님"의 산책을 목격함으로써 종교의 가치를 드높인다. 또한 은하 길에서 "천상병 시인과 중광 스님"이 "대폿잔을 기울이"는 장면을 발견함으로써 예술의 가치를 확인한다. 최순섭에 의하면 종교와 예술의 영역에서 일가一家를 이룬 이들은 "땅 아래" 또는 "옛 번지"를 향해 '웃음'과 '그리움'을 표출한다. 시인은 이 시에서 삶과 죽음이 개별적인 둘이 아니고 온전한 하나임을 드라마틱하게 보여준다.

온종일 헬기에서 터지는
확성기 소리에 밤이 오고
함성도 멈춘 적막한 거리
검은 안개 속에서 들려오는
한 발의 총성에 쫓기다 어느 상가 이 층 주방에 숨어들어
네온등도 꺼진 캄캄한 밤
길 건너 군인들의 발자국 소리가 크다
점점 가까이 들려오는데
한 뼘 부식 창고 속에 웅크려 앉아
숨을 멈추고 한 청년이 죽은 그날
군홧발 소리는 사십 년이 지나서도 들려오고 있다
저벅저벅 금남로의 고요를 짓밟고 다가오는
군홧발 소리에
새벽 저승 문을 넘나드는 나는
날마다 뭉크의 절규하는 사람처럼 몸부림치며 두 귀를

틀어막는다.

—「환청」 전문

　이 시는 '다큐멘터리'인가? '판타지'인가? 아니, 그렇지 않다. 이 작품은 '다큐멘터리'인 동시에 '판타지'이다. "헬기" "확성기" "함성" "거리" "총성" "군인들" "군홧발 소리" "사십 년" "금남로" "저승 문" 등의 표현은 '1980년'의 '광주' 곧 '5·18 광주 민주화 운동'을 연상시키기에 부족함이 없다. 특히 "군홧발 소리는 사십 년이 지나도록 들려오고 있다" "저승 문을 넘나드는 나" "뭉크의 절규하는 사람처럼 몸부림치며 두 귀를 틀어막는다." 등의 진술은 다큐멘터리로서의 특성과 판타지로서의 특성을 결합한 특유의 복합성을 보여준다. 최순섭은 '감각'을 적극적으로 활용한다. 그가 사용하는 시각적이고 청각적인 언어는 '40여 년' 전의 시공時空을 완벽하게 재현한다. 또한 시인이 조성한 '비유'의 길을 뒤따르는 독자들은 상상력의 극한을 경험한다.

　　어렴풋이 몇 대째인지
　　끊어질 듯 이어지는 유전자
　　몸속에는 플라스틱 피가 흐르고 있어
　　플라스틱 자궁에서 플라스틱 탯줄을 달고 태어나
　　플라스틱 인간으로 살아왔어
　　눈물도 모르는 플라스틱 여자 차가운 성질의 플라스틱

남자

　열 받으면 녹아내리는 플라스틱 사랑으로

　세상에 툭 던져놓은 원치 않는 플라스틱 아이는

　플라스틱 우유를 먹고 플라스틱 성장호르몬으로 자라나

　플라스틱 비행기에 몸을 싣고

　플라스틱 찬란한 도시로 유학을 떠나지

　버림받을 걸 알면서 껌딱지처럼 달라붙는

　플라스틱 여자 플라스틱 남자

　감각이 없는 플라스틱 사랑은 구름 속에 모여 검은 파티
를 하지

　하늘을 날아다니며 플라스틱 비를 뿌리고

　플라스틱 초록바다에 꼬리 흔들며 헤엄쳐가는 플라스틱
물고기

　파도가 밀려오면 지칠 줄 모르고

　뼛가루가 스밀 때까지 갯바위에 살을 부비는

　플라스틱 사랑은 죽지도 않아

　흔적 없이 떠나는 차가운 이별 얼음 유전자로 바꾸고 싶
어

　45억 년 전 빙하가 그리운

　내일 아침은 또 플라스틱 칵테일

　　　　　　　　　　　　　　　　—「플라스틱 인간」 전문

　"플라스틱"의, "플라스틱"에 의한, "플라스틱"을 위한
시가 여기에 있다. '플라스틱'이 미치는 범위는 "피""자
궁""탯줄""인간""여자""남자""사랑""아이""우유"

"성장호르몬" "비행기" "비" "초록바다" "물고기" "칵테일" 등 매우 광활하다. 최순섭은 여기에서 열이나 압력으로 소성 변형을 시켜 성형할 수 있는 고분자 화합물로서의 플라스틱을 광범위하게 도입한다. 그는 '현대 사회' 또는 '21세기'의 본질을 탐구한다. 시인은 "45억 년 전"부터 시작된 '지구'의 역사에서 "유전자"의 지속을 원하는 '인간'의 눈물겨운 '사랑'을 형상화하는 것이다. 최순섭의 이 시는 김종삼 시인이 시 「나」에서 "망가져 가는 저질 플라스틱 臨時 人間"이라는 어구를 제시한 것과 궤를 같이 한다. 곧 "인간"의, "인간"에 의한, "인간"을 위한 시가 여기에 있다.

> 자드락길
> 참꽃들 속에서 봤어
> 고개 드는 홀씨, 그대
> 당당히 얼굴 내밀고
> 따스한 햇살 팽팽히 활시위를 당기고 있어
> 훅, 바람 불자
> 쓩쓩 날아가는 화살촉
> 번뜩거리는 칼날이 심장을 찢는 문장을 봤어
> 휘청 사라지는 우주
> 블랙홀을 봤어
>
> ─「민들레 활을 쏘다」 전문

시인은 "우주"에 집중하고 '자연'에 주목하며 '세계'를 경험한다. "민들레" "참꽃들" "홀씨" "햇살" "바람" "우주" "블랙홀" 등은 이를 입증하는 예들이다. 최순섭은 이 시에서 동사 '보다'의 활용형인 "봤어"를 3회 반복한다. '보다'는 '알다' '감상하다' '경험하다' 등의 의미와 연결될 수 있다. 그가 알고자 하고, 감상하려고 하며, 경험하려고 노력했던 대상은 "문장"과 무관하지 않다. '문장'은 '말'이자 '글'이며 '언어'이자 '책'일 테다. 그리고 그 길의 끝에는 '시'가 위치할 것으로 예상한다. 그런 이유에서 우리는 작품의 제목인 "민들레 활을 쏘다"를 '자연과 우주와 세계의 핵심을 품은 시를 쓰다'로 해석할 수 있다.

총부리에 화약 연기 하얗게 피어오르던 쑥대밭 화살머리
'자, 십 분간 휴식'
한순간 평화가 찾아왔다
푸~푸~ '프랑스 병사 벨기에 병사들이 와 여기 묻혀 있노'
눈시울 글썽이며 먼 하늘 바라보는데
푸~ 푸~ 하얀 마스크 쓰고 땅을 헤집던 유해 발굴 남북 병사가
씩 웃으며 건네는 담배 한 까치
푸~ 푸~ 내뿜던 연기 속에 사라진 70년, 지하에서 김일성이 일어나 '북남이 서로 잘 지내는구나'라고 말할까 박정희가 살아나 '남북이 사이좋게 정말 잘 사는구나'하고 말할

까 죽은 병사들이 벌떡 일어나 푸~ 푸~ '여직 그 모양이
냐 요요 철없는 놈들' 호통치며 손가락질하는 격전지 남과
북의 병사, 미군병사, 중국병사, 고향 소식 모르는 프랑스
병사, 벨기에 병사, 이국의 수많은 병사들이 망초 꽃으로
하얗게 피고 있다

　　이 땅에 무엇이 더 남았을까

　　땅을 헤집고 나온 초록 옷의 하얀 얼굴들

　　서로 다른 하늘 바라보며

　　푸~ 푸~ 하얀 평화를 내뿜고 있다.

　　　　　　　　　　　　　　　　　　—「하얀 대화」 전문

　「환청」에서 점검한 바 있듯이 '역사'를 향한 최순섭의
관심 또는 열정은 진심에 가깝다. 이번 시에서도 역사에
대한 그의 관심이나 열정은 계속된다. "평화" "프랑스 병
사" "벨기에 병사(들)" "70년" "김일성" "북남" "박정희"
"남북" "남과 북의 병사" "미군병사" "중국병사" "이국의
수많은 병사들" 등의 어휘를 읊조리는 사람은 깨닫는다.
'1950년'의 '한반도' '한국전쟁' 또는 '6 · 25전쟁'의 생생
한 현장에 초대받았음을. 시인은 여기에서 형용사 '하얗
다'의 활용형인 "하얀" 또는 "하얗게"를 적극적으로 활용
한다. "대화" "연기" "마스크" "망초 꽃" "얼굴들" "평화"
등의 어휘는 '하얀' 또는 '하얗게'와 어울리면서 어디로
향하는가. 최순섭은 "하얀 대화" "하얀 평화" 등을 선택
함으로써 시각적 이미지image, 心象를 효과적으로 제공한

다. 언어를 활용한 그림 곧 말하는 그림으로서의 시가 이렇게 탄생한다.

초겨울, 부음을 받고 잠시 후 영구차가 지나갔다.

한때 푸르렀던 이파리들의 시신이 이리저리 뒹굴고 강렬한 키스의 밤, 한적한 골목 가로등 빛에 서 있던 여인의 혀는 송곳이 되어 살을 후비고, 붉은 빛깔의 황홀한 벌독이 번져온다. 한 사내가 흔들리는 아주 좁은 공간에서 낙엽을 쓸며 한 잎 한 잎 젖은 속옷을 들춰본다. 언제부터 여인의 자궁 속에서 우윳빛 향기가 난 걸까. 탯줄이 끊어지고 비로소 행성은 궤도를 이탈한다. 시신을 끌어안고 숨이 뜨거운 나무들은 아궁이가 벌겋다. 젖은 장작이 불붙는 소리에 세상은 요동치고 거친 숨소리에 푸른 생명이 눈 뜨고 있다.

푸르게 붉게 노랗게…,
빛을 잃고 사라져 가는 건 모두 뜨겁다.
— 「낙엽」 전문

모든 존재는 "한때 푸르렀던 이파리들"이고 "푸른 생명"이다. 하지만 '시간'은 그 자리에 멈추어있지 않으므로 마침내 "초겨울"은 당도하고 우리는 "부음을 받고" "영구차가 지나"가는 장면을 목도한다. 그러나 기억해야 할 테다. 한때 "숨이 뜨거"웠음을. "사내"와 "여인"이 만

나서 "속옷을 들춰" "살을 후비고" "혀"를 열어 "키스"를
나누었음을. "자궁"에서 익어 "탯줄이 끊어지"며 태어난
우리는 "모두 뜨겁다." 그러므로 곡진한 마음으로 이렇
게 다짐하자. 눈앞의 "낙엽"은 단순한 죽음이나 소멸의
상징이 아니다. 그것은 눈부신 푸름이자 뜨거운 생명이
다.

　　　강물처럼 흘러
　　　연일 타들어 가는데…

　　　찬바람이 불어도 좀처럼 꺼지지 않던
　　　심지들이
　　　불 속으로 뛰어 들어가 합장불이 되었습니다.

　　　제 살 태우는 촛불
　　　온 나라가 함께 타들어 가는데

　　　언제
　　　횃불로 번질까
　　　두렵습니다
　　　이천십육년십이월구일

　　　　　　　　　　　　　　　　　　　　—「촛불」 전문

　다시 '역사'의 현장으로 떠나야 한다. "강물"의 도도한
흐름처럼 '시간'은 끊임없이 움직인다. 인간에게 주이진

'세월'은 "연일 타들어 가는" '불'과 같다. 사람들은 "찬바람이 불어도 좀처럼 꺼지지 않던/ 심지들"이다. 곧 삶은 때로는 '물'처럼, 때로는 '불'처럼 "흘러"간다. 우리는 다양한 상황에서 다채로운 '불'을 선택한다. 그것은 "합장불"일 수도 있고 "촛불"일 수도 있으며 "횃불"일 수도 있다. 시인은 "제 살 태우는" 자세로, 한결같은 마음으로, "온 나라"를 지키던 국민들을 생각한다. "이천십육년십이월구일"은 전직前職 대통령 탄핵 소추안이 가결된 날이다. 역사의 흐름 속에서 '정의란 무엇인가'라는 질문을 던지는 최순섭의 열정이 대단하다.

모두가 죽어가는 들판에서

하늘만 바라보고 사는 꽃들이 수런거리는 가을이다

슬픔보다 어둠이 깊어

새벽은 더 멀리 물러나 뉘를 사랑하고 무엇이 문제인지

사는 게 저리 힘들어…

시시콜콜 꽃들이 던지는 말 혀 꼬리 돌돌 말려 흐려질 때

지상의 주파수만큼 간절한 귀들이 울고 있다

하늘은

파랗고 드넓은 접시안테나

천지에 없는 귀 있는 귀 다 열고

가만가만 들어주고 있다

—「가장 넓은 귀」 전문

"꽃들"은 "들판에서" 자란다. '꽃들'의 위에는 "하늘"이 떠 있다. '들판'은 "모두가 죽어가는" 공간이다. '꽃들' 역시 '죽음'을 피할 수 없다. 꽃들이 처한 계절은 "가을"이고, 꽃들에게 주어진 감정은 "슬픔"이다. 또한 꽃들에게 익숙한 시간은 "새벽"이 아닌 "어둠"이다. 시인을 포함한 모든 대상이 꽃들에 속할 수 있음에 유의하자. '삶'을 영위하고 '사랑'을 갈구하는 세상의 모든 존재는 꽃들일 수 있음을 알아야겠다. 우리에게는 "꽃들이 던지는 말 혀"에 귀 기울여 줄 누군가가, 무언가가 필요할 테다. "지상의 주파수만큼 간절한 귀들"은 어디에 있는가? "드넓은 접시안테나"를 닮은 "천지에 없는 귀" "있는 귀"는 어디에 있는가? "가장 넓은 귀"는 바로 "하늘"일 수 있다. 삶과 죽음의 갈림길에서 방황하는 독자들이여, '그래 가끔 하늘을 보자'

깨알벌레로 위장한 몰카,
검정 구두코에 앉아있다 에스컬레이터 위의 소녀
허벅지 밑으로 쓰윽 지나갔다
사이버 정육점 주인은
붉은 살코기처럼 알몸을 해체하고
엉덩이를 잘라 하늘에 걸어 놓았다
젖꼭지도 새로 끼워 넣고 히히
유전자 복제 얼굴을 공놀이하듯
발로 차고 여기저기 던지며 히히
하얀 마음속까지 깨알벌레 알이 슬어
영혼을 파먹고 있다
고요할 때 시름은 점점 깊어져 잠자는 달이 숲속에서 나와
그믐으로 걸어가고
앞이 캄캄한 소녀가 목을 매
새로운 별을 찾아 우주로 떠났다는 소식이 들려왔다
귀가 없는 정육점 주인이
언젠가 내 목줄 당겨 심장을 찢어먹을지 몰라
서둘러 창을 닫고
눈을 감아도
공은 광속으로 날아오고
날아오고

—「슬픈 별」전문

최순섭은 '사건'이나 '사고' 또는 '사회적 이슈'에 대한

관심을 기울인다. 그가 여기에서 주목하는 대상은 "몰카"이다. '몰카(몰래카메라)'는 '도촬(도둑 촬영)'이나 '불법촬영' 등으로 불리기도 한다. 요컨대 불법촬영은 당사자와 합의하지 않은 상태에서 카메라 등으로 상대방을 촬영하거나 그 촬영물을 반포·판매·임대·제공·전시·상영하는 등의 불법행위 또는 촬영대상자의 의사에 반하여 성적 수치심을 유발할 수 있는 촬영에 관한 범죄를 가리킨다. 이 시에서 "사이버 정육점 주인"은 몰카를 활용하여 "에스컬레이터 위의 소녀"를 난도질한다. '정육점 주인'은 '소녀'의 "허벅지" "알몸" "엉덩이" "젖꼭지" "유전자 복제 얼굴" 등을 가지고 '놀이'를 즐긴다. 우리가 잊지 말아야 할 것은 정육점 주인이 '사이버 공간'에서 소녀의 몸을 가지고 벌이는 놀이나 게임이 그녀의 "영혼을 파먹고 있다"는 사실이다. "귀가 없는" 정육점 주인이기에 소녀의 운명은 "앞이 캄캄한" 골짜기로 떨어지고 만다. 그녀가 "목을 매" "새로운 별을 찾아 우주로 떠났다는 소식"은, 소녀가 "슬픈 별"이 되어버렸다는 소문은 독자들에게 깊은 성찰의 계기를 제공한다.

　　창밖은 비 오고, 옆구리가 허전하다. 머리 아프다고 이마에 손을 얹은 한 시인이 곁에 앉아 웃으며 귓속말을 하고 종종걸음으로 사라졌다.

　　창밖은 비 오고, 온몸에 물을 적셔 다슬기는 우산 속에

서 춤추는 여인을 그린다. 구인사 근처 돌다리 지나 숲을
흐르는 맑은 시냇물 알종아리 내밀고 투명 비닐봉지 들어
올리며 '다슬기 참 많네. 해장국 끓여줄게~' 산울림은 귓
속까지 쟁쟁하다.

　창밖은 비 오고, 어룽이는 하얀 종아리 저벅저벅 물결
튕기는 유리창 캔버스
　　　　　　　　　　　　　　　　　　 ―「수채화 그리는 다슬기」 전문

　3개의 연으로 구성된 이 시는 모든 연의 서두를 "창밖
은 비 오고,"라는 동일한 방식으로 시작한다. '비 내리는
창밖'의 반복은 견고한 성채를 쌓는 외부를 뜻한다. 반면
"유리창" 안쪽에는 부드러운 스펀지를 닮은 사람의 내면
이 위치한다. 우리의 내면에 첫 충격을 가한 것은 "시인"
의 "귓속말"이다. 또한 인간의 내면에는 "캔버스"가 등장
한다. 사람들은 자신의 내부에 "수채화"를 그리기 시작
한다. 이것은 스스로의 안쪽에 "춤추는 여인"을 그리는
시인의 모습이기도 하다. 결론적으로 언어는 시가 되고
색채는 회화가 되며 삶은 인생이 된다.

　P는 향기에 이끌려
　아득히 먼 곳에서 찾아오네
　나블나블 원을 그리며
　Z가 한 점 P는 꽃을 보고 예쁘다고 말하면,
　몸 비트는 Z에게

어쩔 줄 몰라 얼싸안고 춤추며 입맞춤하네
만남은 우연일까
이별 뒤에 숨은 그리움은 또 무수히 많은 점을 찍었다
검은 얼룩이 P는 꽃, Z는 나비
점점 멀어져 가는 나비의 춤사위가 원이 되는 이유다
　　　　　　　　　　　　　　　―「사랑의 접선방정식」 전문

　"접선"의 의미는 복합적일 수 있다. 수학에서의 '접선'은 곡선상의 두 점들을 연결하는 직선을 가정하고, 어떤 점이 이 곡선에 따라 한없이 다른 점에 접근할 때, 직선의 극한의 위치 또는 그 자취를 일컫는다. 접선은 또한 어떤 목적을 위한 비밀스러운 만남 또는 그런 관계를 맺는 것을 의미한다. 이 시에 등장하는 "P"와 "Z"는 접선을 구성하는 2개의 점에 해당한다. "꽃"으로서의 'P'는 "나비"로서의 'Z'와 "만남"을 실행하였고 "이별"을 실천하였다. P와 Z의 만남과 이별은 "사랑"의 과정 또는 단계였다. '사랑'은 "우연"에 의해서 시작되었고 "그리움"을 남기며 마감되었다. 최순섭은 사랑의 속성을 "원"으로 규정하였다. 그것은 "아득히 먼 곳에서 찾아오"는 "입맞춤"이자 "춤사위"일 수 있다. 독자들로서는 '사랑은 원이다'라는 그의 제안에 귀 기울일 일이다.

　청산도 작은 해변
　기미에는 파도가 싼 똥, 몽돌이

바닷물에 휩쓸려 이리저리 굴러다니다가
만년 해안거海安居에 들어 철썩철썩 **뺨**을 맞는데
다른 **뺨**도 내주고
얼굴도 몽글몽글 몸도 몽글몽글 손도 발도 몽글몽글
모난 건 모두 잘라버리고 환히 웃고 있다
철썩철썩 죽비 맞으며 용맹정진하는 시간
속세의 물욕에 눈이 멀어
손 주머니 안에 잘생긴 몽돌 몇 개 만지작만지작 슬며시
숨겨 나오려다 그만 화들짝 속내 들킨 보살
하얗고 고운 얼굴에
아, 저녁놀 붉게 물들고 있다

—「몽돌붓다」 전문

　시인은 지금 "청산도 작은 해변"에 위치한다. 그가 포착한 대상은 모가 나지 않고 둥근 돌로서의 "몽돌"이다. 최순섭이 이 시에서 내세우는 '몽돌'은 '불교'와 관련된 다양한 표현들과 연결된다. "해안거海安居" "죽비" "용맹정진" "보살" 등은 몽돌을 "붓다"로 끌어올린다. "모난 건 모두 잘라버리고 환히 웃고 있다"라는 진술은 작품의 핵심일 수 있다. 모가 난 것을 모두 잘라버리고 둥근 원으로서 거듭난다는 메시지는 우리들이 '부처'가 될 수 있음을 의미한다. "속세의 물욕에 눈이 멀어" 하루하루를 버티는 사람들의 "하얗고 고운 얼굴"이 "저녁놀"에 힘입어 "붉게 물들" 수 있기를 바라는 시인의 마음이, 그 숭고함이 더없이 소중하다.

최순섭의 시집 『플라스틱 인간』을 점검하였다. 이번 시집에 수록된 시들을 읽으며 우리는 그가 집중하는 주제의 넓이와 깊이에 감탄하였다. 특히 「플라스틱 인간」이나 「사랑의 접선방정식」 또는 「몽돌붓다」 등에서 시인이 지향하는 핵심 가치를 확인하였다. 독자들이 '인간'과 '사랑' 그리고 '원圓'에 집중해야 하는 이유가 여기에 있다.

  세네카Lucius Annaeus Seneca는 "사람이 있는 곳이라면 어디든 친절을 위한 기회가 있다.Wherever there is a human being, there is an opportunity for a kindness."라고 이야기하였다. 괴테Johann Wolfgang von Goethe에 의하면 "사랑은 지배하지 않는다. 사랑은 성장한다.Love does not dominate; it cultivates." 또한 에머슨Ralph Waldo Emerson에 따르면 "원은 영혼과 같아서 끝나지 않고 멈추지 않고 빙글빙글 돈다.Circles, like the soul, are neverending and turn round and round without a stop."

  최순섭은 '친절'을 실천하는 대상으로서의 '인간'의 본질을 믿는다. 그가 신뢰하는 인간은 성장하는 가치로서의 '사랑'을 행동으로 옮긴다. 누군가를 지배하거나 통제하려는 사람은 사랑의 핵심을 모르는 셈이다. 타인에게 친절을 제공할 수 있는 사람에게 허락된 가치가 사랑이다. 시인은 빙글빙글 도는 원과 같이 쉼 없이 자라는 사랑을 지향한다. 그의 바람처럼 친절과 사랑의 마음을 품은 사람들이 늘어날 때, 우리는 더욱 건강하고 아름다운 한국 사회를 경험할 수 있을 것이다. 앞으로도 우리 사회와 역사를 향해 작동할 최순섭의 예민한 시적 촉수를 기대한다.

황금알 시인선